# Los BuscaPistas

El papel utilizado para la impresión de este libro ha sido fabricado a partir de madera procedente de bosques y plantaciones gestionadas con los más altos estándares ambientales, garantizando una explotación de los recursos sostenible con el medio ambiente y beneficiosa para las personas. Por este motivo, Greenpeace acredita que este libro cumple los requisitos ambientales y sociales necesarios para ser considerado un libro «amigo de los bosques». El proyecto «Libros amigos de los bosques» promueve la conservación y el uso sostenible de los bosques, en especial de los Bosques Primarios, los últimos bosques vírgenes del planeta.

Segunda edición: febrero de 2016



Printed in Spain – Impreso en España

ISBN: 978-84-15580-69-0
Depósito legal: B-3.362-2013

Compuesto en Compaginem Llibres, S. L.

Impreso en Limpergraf
Barberà del Vallès (Barcelona)

GT 8 0 6 9 A

Penguin
Random House
Grupo Editorial

T. BLANCH - J. A. LABARI

# El caso del librero misterioso

montena

Se conocieron en la guardería y, desde entonces, no se han separado.
Tienen una agencia de detectives y resuelven complicados casos. Pepa es decidida y Maxi algo miedoso, pero forman un buen equipo, ¡son LOS BUSCAPISTAS!

MOUSE, la mascota de Maxi.

Estos son **PULGAS**,
el sabueso de la agencia, y
**BEBITO**, el hermano de Pepa.
Su superchupete ha sacado a
Los Buscapistas de más
de un apuro.

**AGENCIA**
**LOS BUSCAPISTAS**
Situada en la antigua casa
de Pulgas.

**EL ANÓNIMO**
**DEL ANTIFAZ**, un extraño
personaje que ayuda a Los
Buscapistas... pero ¿quién
se oculta bajo ese antifaz?
**¡Busca pistas y descubre**
**su identidad!**

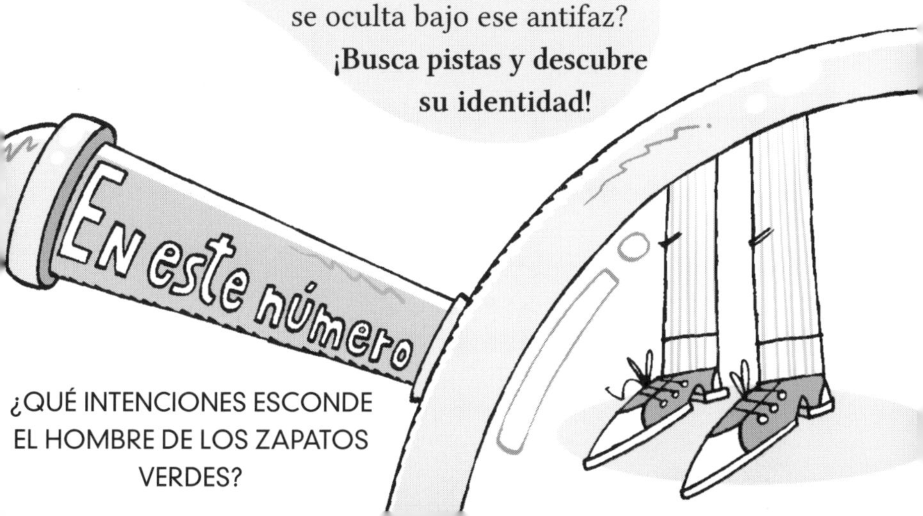


¿QUÉ INTENCIONES ESCONDE
EL HOMBRE DE LOS ZAPATOS
VERDES?

# ¡FUERA, MOCOSOS!

Pepa Pistas y Maxi Casos esperaban impacientes frente al mostrador de la biblioteca para llevarse en préstamo una nueva aventura de «Detectives y sabuesos», su colección de libros preferida.

—Lo siento chicos, no queda ningún ejemplar —advirtió Cleo, la bibliotecaria, observando el ordenador.

—Bueno, entonces lo reservaremos —respondió Pepa—. Estamos ansiosos por leer un nuevo caso del detective Lupita y su sabueso Olfato.

—Entiendo —comentó Cleo sonriente, y se volvió hacia la pantalla—. Dejadme ver... ¡Vaya, hay una larga cola en espera!

—¡Es que son unos libros muy interesantes! —dijo Maxi con una sonrisa.

Cleo escuchaba al tiempo que tecleaba.

—Podréis disponer del libro en...

Pepa y Maxi aguardaron la respuesta sin apartar los ojos de la bibliotecaria.

—Hum..., unos tres meses —dijo inmediatamente Cleo, y miró de nuevo el ordenador para estar completamente segura—. Eso es.

—¡Pe... pe... pero es una eternidad! —se lamentó Pepa—. ¿No podemos tenerlo antes?

—Imposible ¡Siguiente! —exclamó Cleo.

Así pues, los dos amigos salieron de la biblioteca algo cabizbajos.

—¿Qué vamos a hacer? —preguntó Pepa decepcionada.

—No lo sé, aunque se me ocurre una idea genial... ¿Cuánto falta para tu cumpleaños? —preguntó Maxi.

Pepa lanzó una mirada de enojo a su amigo.

—¡Fue hace dos meses, dos semanas después del tuyo! Además, ¿qué importa eso ahora?

Maxi le explicó que si su cumpleaños se hubiese celebrado en esos días, podría haber pedido el libro como regalo.

Pepa se encogió de hombros y movió la cabeza.

—Bien, quizá podamos comprarlo —propuso Maxi para animar a su amiga.

—¿Con qué dinero? —respondió sorprendida.

Estaba claro que Maxi no había tenido en cuenta ese pequeñísimo detalle.

—¿Con el que guardas en tu hucha? —insinuó el niño.

—Rompí la hucha la semana pasada para comprar los prismáticos de nuestra agencia de detectives —le recordó Pepa—. ¿Por qué no miras si llevas algo encima?

Maxi se detuvo a pensar. Lo único de valor que llevaba encima era a Mouse, su mascota. Sin embargo, hizo lo que su amiga le pedía y sacó el monedero de la mochila, abrió la cremallera y volcó sobre la acera todo lo que contenía:

un botón

una araña

un papel pringoso de caramelo y...

—¡Diez céntimos! —exclamó contento.

—¿Me tomas el pelo? —respondió Pepa con los ojos abiertos de par en par.

Maxi negó con la cabeza y agitó el monedero antes de vaciarlo de nuevo.

Clinc clinc clinc...

¡Cayó al suelo una moneda de dos euros!

—¿Has visto? —dijo Maxi con una sonrisa, y, en aquel instante, la moneda dejó de tintinear y...

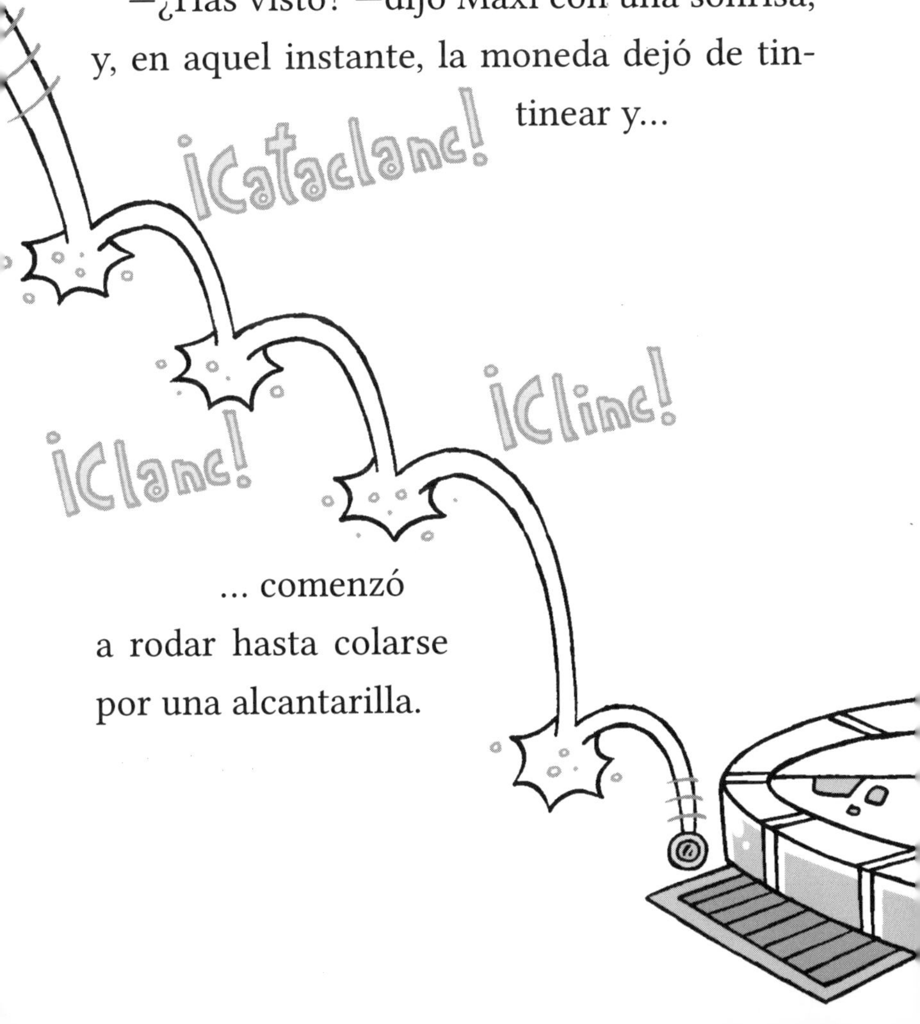


... comenzó a rodar hasta colarse por una alcantarilla.

La librería quedaba de camino a casa de Pepa. Al pasar delante de ella, Pepa y Maxi no dudaron en pegar la nariz en el escaparate para contemplar más de cerca la nueva cubierta de «Detectives y sabuesos».

—¡Ay! —suspiró Pepa y dejó su mochila en el suelo.

—Si no conseguimos uno, estamos perdidos. ¡Mira! —Maxi señaló el cartel que colgaba sobre el libro.

¡AGOTADO!
¡ÚLTIMO EJEMPLAR A LA VENTA!

¡AGOTADO!

¡Último ejemplar a la venta!

Permanecieron en silencio unos segundos, pensativos, hasta que un hombre de aspecto enojado, con la cabeza cubierta con una gorra enorme, abrió la puerta del establecimiento y se dirigió a ellos de muy malos modos:

Parecía que sus ojos verdosos y acristalados iban a saltársele de las órbitas en cualquier momento. A Pepa y Maxi se les pusieron los pelos de punta.

—Per... perdón —respondieron al unísono antes de salir corriendo calle abajo.

Al dar la vuelta a la esquina, apenas les quedaba aliento. Se detuvieron a descansar.

—¡Qué malas pulgas! Creía que el librero era un hombre muy amable —comentó Maxi, extrañado.

Pepa asintió. Su padre, conocido escritor de novelas de misterio, acudía a la librería a menudo y jamás había hecho comentarios desagradables sobre el librero.

—Papá suele decir que es un tipo majote —respondió Pepa imitando la voz de su padre, pero de repente se detuvo en seco. No se sacaba de la cabeza la imagen de aquellos ojos verdes acristalados y saltones. Súbitamente, palideció:

—¡Mi mochila! ¡La he dejado olvidada junto a la librería!

# ¡¿DÓNDE ESTÁ MOUSE?!

Muy a su pesar, Pepa y Maxi se dirigieron a buen paso calle arriba hasta llegar a la puerta de la librería.

—¿Seguro que la has olvidado aquí? —preguntó Maxi—. No la veo.

—La tendrá dentro —dijo Pepa.

Recorrieron el gran escaparate agachados para que el librero no pudiera descubrirlos.

—¿Y ahora qué hacemos? —susurró Maxi.

Pepa se asomó por la puerta entreabierta y echó un vistazo. ¡Ni rastro de la mochila!

—Tenemos que entrar —aseguró Pepa—. La habrá guardado en la trastienda.

—¿Estás segura? —dudó Maxi—. Podrías olvidarte de ella... Tan solo es una mochila y yo tengo unas cuantas en casa. Te puedo dar u...

—¡Es mi mochila y quiero recuperarla! ¡Además, llevo los sándwiches de queso de la merienda! —exclamó en voz alta.

¿Queso? Mouse asomó la cabeza e hizo algo impensable: ¡se escabulló de la capucha de su sudadera y se coló en el interior de la tienda!

A pesar de que Maxi lo llamó una y otra vez, Mouse no se detuvo. Se alejó por el pasillo olisqueando a uno y otro lados en busca de su ración de queso.

—¿Se puede saber por qué esta mascota no responde nunca a tus órdenes? —dijo Pepa sorprendida.

—¡Ya sabes que cuando está hambrienta es muy testaruda! La culpa es tuya, ¿a quién se le ocurre pronunciar la palabra «queso» a estas horas de la tarde? —protestó Maxi.

Pepa pensó que su amigo sabía cómo sacarla de sus casillas, pero decidió recuperar la calma e idear un plan.

¡Sí! ¡Eso! ¡Un plan!

Pero...

¿Cuál?

Pepa levantó una ceja y reflexionó unos segundos.

¿Qué habrían hecho el detective Lupita y su ayudante Olfato en semejante situación?

¡A Pepa no se le ocurría nada!

—Llevamos un buen rato agachados y me duelen las rodillas. ¿Qué propones? —preguntó Maxi algo inquieto.

—Entrar en la librería y llegar hasta la trastienda. —Pepa tomó aire y continuó—: Recuperamos la mochila y a Mouse, y salimos del establecimiento como cohetes.

Maxi dudó e hizo una mueca.

¿Ese era el plan? Quedaba una hora para que la tienda echara el cierre, ¿y si luego no podían salir? No le gustaba nada la idea de pasar la noche en aquel lugar.

—Míralo por el lado positivo —susurró Pepa—, en el peor de los casos, pasaremos toooda la noche leyendo «Detectives y sabuesos».

Y, durante unos segundos, Maxi sonrió y decidió que, bien mirado, ¡no era una idea tan mala! ¡Además, estaban los sándwiches de queso! ¡Mouse! ¡Y la mochila!

—A la de tres —ordenó Pepa sin más preámbulos—. Una...

Maxi la agarró del brazo.

—¿No será peligroso?

—¡No! Como mucho, puede caerte un libro en la cabeza.

Las palabras de Pepa no lo tranquilizaron en absoluto.

—Dos... —Pepa le zarandeó el brazo—. ¡Suelta! Y...

Maxi la agarró con más fuerza. Aquel tipo de situaciones lo ponía extremadamente nervioso. ¡Incluso le sudaban las manos!

Y cuando Pepa lanzó el grito de guerra...

... la mano de Maxi resbaló como el jabón y liberó el brazo de su amiga, que entró como un relámpago al interior del establecimiento.

—¡Glubs! —fue lo único que logró mascullar la niña al darse cuenta de que Maxi no la había seguido.

Pepa permaneció escondida tras unos estantes repletos de libros y aguzó el oído.

¿Mouse? Probablemente merodeaba alrededor de la mochila.

Pepa recorrió unos metros a gatas. En la trastienda, el hombre andaba de un lado al otro, como un robot.

¡Iiic! ¡Iiic! ¡Iiic!

F

Si Mouse no dejaba de hacer ruido, aquel hombre acabaría por descubrirlo y ¡quién sabe de lo que sería capaz!

Oyó unos pasos provenientes de la puerta de entrada. Alguien acababa de entrar en la tienda. ¡CLIP! ¡CLAP! ¡CLIP! ¡CLAP!

Desde su escondite, Pepa vislumbró unos zapatos de charol verde.

—¡Laaargooo! ¡Laaargooo...!—voceó el librero subiendo y bajando el tono de voz. ¡Parecía a punto de quedarse sin cuerda!

Los zapatos verdes de charol avanzaron hacia el librero y se detuvieron en la trastienda. Pepa asomó la cabeza entre los estantes de libros, pero fue incapaz de ver nada. Entonces, escuchó. Aquellos dos individuos no cruzaron ni media palabra, pero percibió un sonido que le resultó algo familiar.

¡REC!
¡REC!
¡REC!

¡REC! ¡REC! ¡REEEC!

Pepa pensó que era un buen momento para escabullirse de aquel lugar. Antes, tenía que localizar a Mouse. Debía encontrar el modo de atraerlo hacia ella. Rebuscó en el bolsillo de su chaqueta algún trocito de queso o alguna que otra golosina. ¡Nada! Iba limpia. Ni una simple miga de pan. Estaba a punto de abandonar la idea de recuperar a Mouse cuando descubrió una colita rosada detrás del paragüero de la entrada.

Se abalanzó hacia la puerta y agarró al ratón. Desde el fondo de la tienda, y sin que ella lo percibiera, los dos hombres la estaban observando sin perder detalle.

# 3

# ¡SOCORRO!

Pepa corrió calle abajo, dobló la esquina y, sin mirar atrás, llegó al jardín de su casa.

Maxi la esperaba en la agencia de detectives, acompañado de Pulgas y de Bebito.

—¿Por qué me has dejado sola? —fue lo primero que preguntó al entrar.

76

—Alguien tenía que montar guardia en la puerta —mintió Maxi—, y como no salías he venido a buscar refuerzos. ¿Traes a Mouse?

Pepa asintió y le alargó el ratón asiéndolo por la cola.

A Maxi le dio un vuelco el corazón.

Tras un chillido aterrador, los tres niños y el perro se alejaron corriendo de la agencia de detectives y se metieron en la casa.

Afortunadamente, la madre de Pepa se encontraba en el salón.

—¡Mamá! —gritó Pepa.

—¡Chissst! —advirtió su madre—. Tu padre está encerrado en su estudio,
no hagáis ruido.

—Hay una rata enorme en la agencia de detectives… —dijo Pepa en un susurro.

—¿Una rata? —la mujer hizo una mueca de asco.

—En realidad, no es más que un ratoncito —mascculló Maxi.

La madre de Pepa salió al jardín.

—Ten cuidado, mamá —dijo Pepa.

—¡Claro! Soy veterinaria, ¿recuerdas?

Pepa, seguida de Bebito y Pulgas, se acercó a la ventana para observarla.

¡REC! ¡REC! ¡REEEC!

Por un segundo, a Pepa se le cortó la respiración. ¡Aquel sonido! ¡El mismo que había oído en la librería antes de huir! Maxi, subido a una silla, daba cuerda al viejo reloj de pared del abuelo.

En aquel momento, la madre de Pepa irrumpió en el salón.

—La enorme rata de la que hablabas es en realidad una ratita de laboratorio asustada. La llevaré a mi consulta. —Y salió de casa camino de su clínica veterinaria.

A Maxi se le llenaron los ojos de lágrimas al recordar a su mascota.

—Tenemos que regresar a la librería en busca de Mouse o se enojará conmigo... Ya sabes que es un poco rencoroso.

Pepa asintió.

Se dirigieron hacia la puerta. Al abrirla, un escalofrío les recorrió la columna vertebral.

El librero estaba frente a ellos sosteniendo la mochila de Pepa.

Los chicos retrocedieron.

F

—¿Cómo ha descubierto dónde vives? —quiso saber Maxi.

—Llevo mi dirección escrita en el interior, por si acaso la pierdo —se excusó Pepa.

El hombre avanzó a grandes pasos hacia el interior.

—¡Largo de aquí! ¡Largo de aquí! —gruñía una y otra vez.

Pulgas se escondió detrás de los tres niños con la cola entre las patas. Pepa y Maxi se abrazaron temblando de miedo. Bebito dio un paso hacia delante y observó a aquel hombre de ojos verdes saltones.

—¡Ven aquí, no te acerques a él! —exclamó su hermana gesticulando y sin perder de vista a su hermano pequeño.

Pero el bebé no le hizo caso.

—¿Po... por qué tu hermano no responde nunca a tus órdenes? —cacareó Maxi.

Bebito miraba al hombre con curiosidad de arriba abajo, y de abajo arriba... El hombre se agachó para observar al bebé y, al hacerlo, ¡sus rodillas sonaron a hojalata!

Bebito no se apartó ni un milímetro y se mantuvo firme frente a él sin dejar de sorber su chupete.

El hombre agarró al bebé con sus manos, se puso en pie y lo sostuvo en el aire mirándolo fijamente.

¡Chup! ¡Chup! ¡Chup!

Inesperadamente, el bebé echó su pequeño cuerpo hacia atrás, tomó impulso y dejó escapar el chupete sacudido por un tremendo estornudo.

El chupete salió disparado con fuerza hasta alcanzar la gorra del hombre y derribarla.

¡A un lado y otro de su sien llevaba unos mecanismos de cuerda!

—¡Aaah! ¡Papááá! —gritó Pepa, corriendo hacia el despacho de su padre seguida por Maxi y Pulgas—. ¡Papááá!

—¡Frankenstein! —exclamó Maxi.

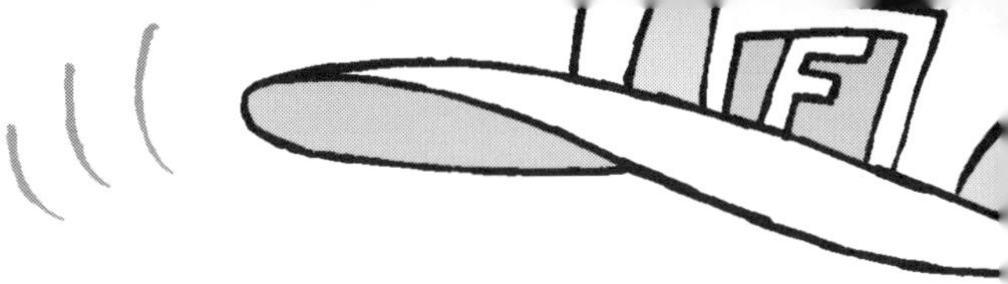


—¿De qué hablas? —dijo Pepa sin dejar de correr.

—¡Ese tipo parece el mismísimo monstruo de Frankenstein! ¡Y tiene a Bebito en su poder!

—¡Aaaah! —gritó de nuevo Pepa, presa del miedo— ¡Papááá! ¡El monstruo no suelta a mi hermano!

El estudio estaba vacío, el ordenador encendido y la ventana abierta de par en par.

—¿Dó... dónde está tu padre? —advirtió Maxi sin aliento.

—¡Cómo voy a saberlo! Habrá salido... ¡Siempre desaparece cuando más lo necesitamos!

—¿Por la ventana?

—¡Pues claro! —respondió Pepa, acostumbrada a las extravagancias del escritor, pues la ventana del estudio daba al jardín delantero de la casa—. La cuestión es: ¿qué haría el detective Lupita ahora?

—¡Esconderse!

Pulgas se metió debajo del escritorio.

Maxi entró
en el armario.

Y Pepa miró a uno y otro lados, sin saber dónde ocultarse.

—¡Chissst! —susurró Maxi mirando por el ojo de la cerradura—. ¡Métete en el cajón del archivador!

Pepa se apresuró a abrir el gran cajón... ¡Estaba repleto de manuscritos!

Desde el salón les llegó el llanto de Bebito y recordaron que lo habían dejado solo ante el peligro.

Pulgas enderezó las orejas, salió de su improvisado escondite y se apresuró a ir en auxilio del bebé seguido por Pepa y Maxi.

¡Ahora aquel extraño ser tenía en su poder el chupete de Bebito y no parecía dispuesto a devolvérselo!

—¡Largo de aquí! ¡Largo de aquí! —repetía enfurruñado mientras se dirigía a la puerta principal y abandonaba la casa—. ¡Largo de aquí! ¡Largo de aquí!

—¡Mira! —exclamó Maxi fijándose en el mecanismo de cuerda de su sien, que daba vueltas a cada paso que daba—. Es como si...

—¡... funcionase con cuerda, como el reloj del abuelo! —Pepa terminó la frase.

Bebito lloraba desconsolado porque quería recuperar su chupete.

—¡No os mováis de aquí! —ordenó Pepa a su hermano y a Pulgas—. Volvemos enseguida.

—Si quieres, puedo quedarme con ellos —propuso Maxi—. Alguien tendrá que montar guardia.

Por un segundo, su amiga dudó. Pero la madre de Pepa se acercaba a casa, cargada con lo que a simple vista parecía... ¿un pato?

Pepa tomó a Maxi del brazo y lo arrastró calle arriba hasta llegar a la librería.

# UNO + UNO = 2 FRANKENSTEINS

Todavía no habían cerrado el establecimiento. Pepa echó un vistazo al interior a través de la puerta cristalera.

—No veo a Frankenstein —aseguró—. Seguramente estará en la trastienda.

—Bien —suspiró Maxi—, ¿qué hacemos?

—El plan es el siguiente, entrare...

—Bien, yo te esperaré aquí —la cortó Maxi—. Me parece muy buena idea.

Pepa arrugó la nariz.

—Entrare... mos los dos. Tú lo distraerás...

—¿Distraerlo? ¿Cómo?

—¡No lo sé! Haz lo primero que se te ocurra.

—¿Como qué? —dijo pensativo Maxi.

Pepa lo miró incrédula.

¿Como qué? Pues... Aunque la respuesta a esa pregunta parecía fácil, en ese instante, ¡no lo era en absoluto!

—¡Puedes bailar! —fue lo primero que se le ocurrió.

¿Bailar?

Maxi pensó que su amiga no sabía lo que decía.

¿Cómo iba a ponerse a bailar si le temblaban las piernas?

—¡La cuestión es que necesito tiempo para encontrar a Mouse!

Entraron en la tienda muy despacio y sin apenas hacer ruido.

Pero cuando Maxi oyó «¡Iiic! ¡Iiic! ¡Iiic!», echó por tierra todo el plan.

—¡Mouse! —gritó Maxi y corrió a la trastienda—. ¡Mouse!

«¿Se ha vuelto majareta?» Pepa, junto al paragüero, estaba anonadada. Hasta que un grito de pánico la hizo reaccionar y corrió hacia donde se encontraba su amigo.

Frankenstein, con el chupete en la boca y una escoba en las manos, ¡estaba a punto de barrer a Mouse del mapa!

—¡No te atrevas! —chilló Maxi.

Pero, en el mismo instante en que la escoba iba a caer sobre el pequeño roedor, el mecanismo de cuerda se detuvo y Frankenstein quedó paralizado. ¡Desde la puerta trasera de la trastienda alguien había lanzado un bumerán y había dejado atrancado el mecanismo de aquel monstruo!

Maxi se abalanzó sobre su mascota e inmediatamente la introdujo en la capucha de su sudadera.

¡Iiic! ¡Iiic! ¡Iiic!

¡Iiic! ¡Iiic! ¡Iiic!

—Dile que deje de gimotear. Es suficiente por hoy —advirtió Pepa al tiempo que recuperaba el chupete de Bebito.

—No ha sido Mouse —aseguró Maxi sin dejar de mirar a Frankenstein por si se movía.

Si no había sido el ratón, ¿quién se lamentaba?

Pepa pegó el oído a una gran caja de cartón que había en la trastienda.

¡Iiic! ¡Iiic! ¡Iiic!

Puso un dedo encima de los labios para indicar a Maxi que permaneciera en silencio. Sacó el precinto de la caja y en el interior descubrieron ¡a otro Frankenstein!

Eran iguales. Los mismos ojos verdes, la gorra… ¡aunque este llevaba gafas y tenía un pedazo de cinta adhesiva en la boca que le impedía hablar!

—¡Iiic! ¡Iiic! ¡Iiic! —les indicó que lo ayudaran a salir de la caja. Estaba tan encajado que no podía mover los brazos.

—¿Podemos fiarnos? —preguntó Maxi.

El hombre agitó la cabeza con fuerza e hizo caer la gorra de su cabeza.

—*¡Mmmmí! ¿Mmeisss? ¡Mmmo mmengo mmada em ma miemmm!* —mascullaba arrugando el entrecejo una y otra vez.

Y estaba en lo cierto, en su sien no había mecanismo alguno. ¡Podían ayudarlo!

Una vez fuera de la caja, el librero se tomó unos minutos para recuperarse. Luego les explicó que, hacía una semana, un extraño personaje con unos zapatos verdes de charol había querido comprar su negocio por una suma considerable de dinero.

El hombre lo había visitado en dos ocasiones y, finalmente, al ver que se oponía a vender, lo amenazó con la ruina.

—Me dijo que quería derribar la librería para construir un centro comercial —continuó el librero—. Pero me negué y entonces empezaron mis problemas. Hace tres días, me encontré con mi doble en la puerta de la tienda.

—¿Este? —preguntó Pepa señalando a Frankenstein.

—Exacto. ¡Fijaos, somos como dos gotas de agua!

—Es cierto, sois clavaditos a Frankenstein —aseguró Maxi.

—Ejem... —advirtió Pepa para indicar a su amigo que acababa de meter la pata.

—No pasa nada, lo tengo asumido —se lamentó el librero mientras extraía un papel de su bolsillo.

—Llegó con una carta de presentación enternecedora.

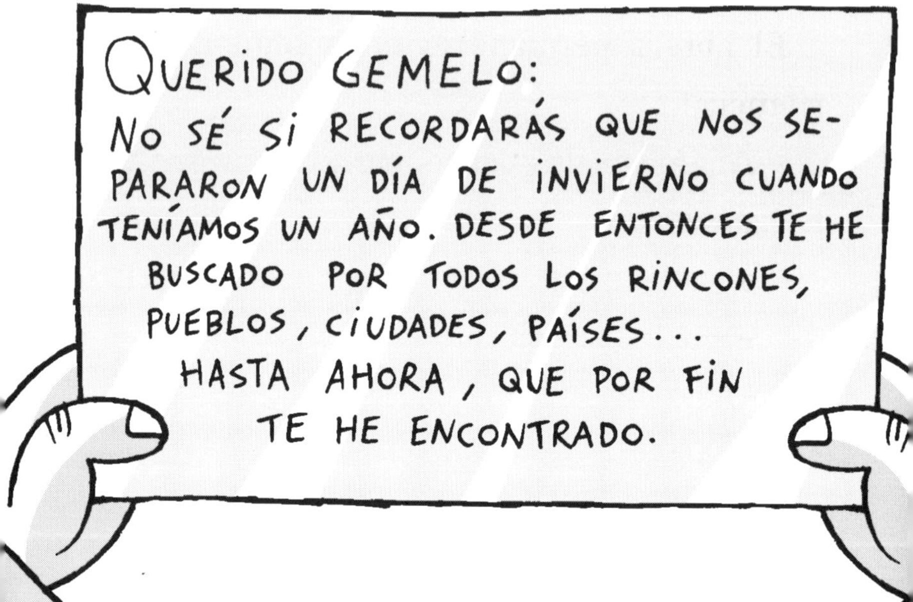


»Me pareció increíble. No tengo familia y a veces me siento muy solo. El hecho de que de repente apareciera un hermano, cuya existencia desconocía hasta ahora, me cegó y me negué a ver la realidad. Al contrario, fui tan ingenuo que le propuse que trabajara conmigo en la tienda. No respondió, pero se quedó.

El librero permaneció unos segundos en silencio.

—Ahora que lo pienso, me extrañó que no cruzara ni media palabra conmigo... ¡Y cuando lo hacía, gritaba! Ni siquiera parecía feliz de verme. ¡Ay! ¡Cómo pude ser tan tonto!

»Al día siguiente, al abrir el negocio y entrar los primeros clientes, me di cuenta de que mi hermano no servía para atender al público. Me espantaba a la clientela con su grito: "¡Largo de aquí!".

»¡Intenté explicarle una y otra vez que al cliente hay que tratarlo con amabilidad y darle la razón, pero ni por esas!

Pepa y Maxi escuchaban atentamente.

—Y a partir de ahí, no han dejado de suceder cosas inauditas. Sin ir más lejos, ayer por la mañana, descubrí una rata husmeando en los estantes de los recetarios de cocina.

—Una ratita —corrigió Maxi.

—Rata, ratita… ¡Qué más da! Tengo fobia a los roedores. —El librero tembló por el solo hecho de pensar que la rata podía rondar por las estanterías—. Será mejor que consiga un gato lo antes posible.

Mouse tembló.

—Finalmente, al mediodía, descubrí algo que me aterrorizó. Muy a mi pesar, dejé a mi hermano al mando del negocio. Tenía que ir

a la óptica porque hace unos días alguien me dio un empujón, las gafas cayeron al suelo y se rompieron los cristales. Menos mal que teníamos unas de recambio. ¡Sin gafas estoy perdido! Pero eso no viene al caso ahora... Frente a la tienda había una limusina negra con los cristales tintados. En ese momento no le presté atención. A medio camino, recordé que había olvidado el móvil y regresé a la librería.

¡Cuál fue mi sorpresa al encontrar al hombre de los zapatos verdes de charol en el interior del establecimiento, frente a mi hermano! Este iba sin su habitual gorra y mostraba un aspecto monstruoso. A ambos lados de la cabeza, en las sienes, tenía unas pequeñas tuercas.

Descubrí que eran una especie de mecanismo para darle cuerda. ¡Mi hermano gemelo no era humano! Entonces caí en la cuenta de que era un robot programado para arruinarme la vida.

Los ojos del librero se llenaron de lágrimas. Tuvo que tomar un poco de aire antes de proseguir su relato.

—¿Y qué pasó luego? —preguntó Maxi.

—Cuando quise reaccionar, ya estaba dentro de la caja. He permanecido encerrado en su interior toda la noche, hasta ahora.

—¿Sin comer ni beber? —preguntó Pepa, a quien le empezaban a rugir las tripas de hambre.

—Sí, sí. Esta tarde, el tipo de los zapatos de charol verde se ha tomado la molestia de echarme unos sándwiches de queso.

¡Maxi puso su mano sobre la capucha para evitar que Mouse asomara la cabeza! ¡Al librero no le gustaban los ratones!

—Eso es todo, chicos. Ahora ha llegado el momento de dejar el asunto en manos de la policía. Aunque no sé cómo agradeceros vuestra ayuda... —continuó el hombre.

—¡Nosotros, sí! —respondieron Pepa y Maxi, y señalaron hacia el escaparate de la tienda donde se exponía el libro de la colección «Detectives y sabuesos».

—Es vuestro... —Pero, antes de que pudiera terminar la frase, un golpe seco en la puerta lo dejó sin habla.

¡PLAM!

¿Quién había entrado?

¡CLIP! ¡CLAP! ¡CLIP! ¡CLAP!

—¡Conozco esos pasos...! —susurró pálido el librero.

Sin dudarlo ni una milésima de segundo, se apresuraron a esconderse, y un sudor frío les empapó la frente.

El tipo de los zapatos verdes de charol había regresado y se dirigía hacia donde estaban ellos. De repente, se detuvo en seco.

—¡Maldita sea! —gruñó.

Acababa de descubrir a Frankenstein inmovilizado y, ¡peor!, la caja estaba abierta y en su interior no estaba el librero.

—¡Seguro que ese tipo ha ido a avisar a la policía! ¡Tenemos que huir! —exclamó, al tiempo que arrastraba una silla a la que encaramarse para desbloquear al robot.

¡PLAM!

Otro golpe en la puerta. Había entrado alguien más.

El tipo de los zapatos verdes de charol se dio la vuelta y, repentinamente, saltó de la silla y desapareció por la callejuela oscura de la parte trasera de la tienda. A continuación, se oyó el rugido estruendoso del motor de un coche que se alejaba calle abajo.

—¿Hola? —saludó una voz amable asomando la cabeza.

—¡Papá! —exclamó Pepa abandonando el escondite, seguida de Maxi y el librero.

—¿Qué hacéis aquí? —preguntó su padre, y entonces sus ojos se posaron en Frankenstein—. ¿Quién es ese?

—¡Es una larga historia! ¡Pero ha llegado en el momento preciso! —El librero esbozó una sonrisa.

—Yo... solamente quería comprar el libro del escaparate antes de que cerraran la tienda —se excusó el padre de Pepa.

—¡Cuánto lo siento, no está a la venta! —aseguró el librero.

Pepa y Maxi tenían en sus manos la última entrega de «Detectives y sabuesos».

PASATiEMPOS

# 1 Objetivo: La agencia

¡AYUDA A LOS BUSCAPISTAS A LLEGAR HASTA SU AGENCIA DE DETECTIVES EVITANDO LOS PELIGROS!

**MAPA DE LA RUTA**: Llegar a la biblioteca (1) - Pasar por la librería y encontrar la mochila (2) - Alcanzar la agencia de detectives (3).

**¡Atención!**

No puedes avanzar en caso de:

Obras · Semáforos rojos · Señales de prohibición o de peligro · Barreras · Vehículos cruzados · Cacas de perro · Alcantarillas abiertas · Libreros al acecho.

2
¡IMPOSTORES!
EL VERDADERO ANÓNIMO DEL ANTIFAZ ESTÁ ENTRE ESTOS IMPOSTORES...

Si descifras el mensaje hallarás las pistas que te conducirán hasta el misterioso personaje:

**S0Y M13D0S0 P3R0 3F1C4Z**
**S13MPR3 LL3V0 4NT1F4Z**
**Y 8N4 G4B4RD1N4**
**Q83 M3 D4 8N 41R3 T3N4Z**

Y ahora que tienes las pistas, ¿cuál de ellos es el verdadero?

# 3 SE BUSCA...

¿DÓNDE ESTÁ MOUSE?

Encuentra también:

- **UNA LUPA**
- **UNA MONEDA**
- **UN CARAMELO**
- **UN PEDAZO DE QUESO**
- **UNAS GAFAS**

TODAS LAS
AVENTURAS DE
PEPA Y MAXI...

T.BLANCH – J. A. LABARI
LOS BUSCA PISTAS
El caso del
castillo encantado

T. BLANCH – J. A. LABARI
LOS BUSCA PISTAS
El caso del
librero misterioso